두르가 랄 쉬레스타 Durga Lal Shrestha

시인은 어떤 존재인가. 폴란드 시인 타데우시 루제비치는 이렇게 썼다. "시인이란 시를 쓰는 사람이고 동시에 시를 쓰지 않는 사람이다. 매듭을 끊는 사람이고 스스로 매듭을 연결하는 사람이다. 믿음을 가진 사람이고 아무것도 믿지 못하는 사람이다. 거짓을 말하는 사람이고 거짓에 속아 넘어가는 사람이다. 넘어지는 사람이고 다시 일어나는 사람이다. 시인이란 떠나가는 사람이고 결코 떠나지 못하는 사람이다."

이러한 시적 정의는 마치 두르가 랄 쉬레스타를 두고 쓴 것 같다. 네팔 카트만두 근교의 도시 빈민 가정에서 태어난 쉬레스타는 유년기부터 시를 쓰고 노래하는 것에 재능을 보여 열두 살에 이미 첫 작품으로 드라마 극본 〈사랑, 삶, 죽음〉을 썼다. 열네 살에는 문학 강연의 청중으로 참석했다가 한 여성 시인에게 크게 감명을 받아 이때부터 시에 열정을 불태웠다. 종이조차 구하기 힘든 형편이었으므로 아버지의 담배 종이에 시를 써 내려갔다.

"나는 부자나 지위가 높은 사람보다 가난한 사람, 무지한 농부에게서 삶을 배웠다. 따라서 나의 시를 학자의 저울에 달 수는 없다."

왕정의 부패가 극에 달했던 시기에 쉬레스타는 사회정의를 위해 앞서 싸웠다. 민중의 선두에 서서 개혁과 자유를 외치던 그는 결국 위험 인물로 낙인찍혔으며, 영국을 방문했다가 모국에 입국 금지를 당해 한동안 외국을 떠돌아야 했다. 그의 시는 무엇보다 노래로 불려서 네팔 인들의 심금을 울린다. 1967년에 출간된 첫 시집 《거품 시집》에서부터 2012년에 펴낸 《풀 시편》에 이르기까지 쉬레스타는 네팔을 많이 사랑했고 조국과 민중을 위한 시를 썼으며 아름답고 심오한 글로 네팔 문학에 크게 기여했다. 그의 시는 달콤하면서도 썼다. 그는 진정한 시인으로 많은 문학가들의 귀감이 되었다. 그는 말한다. "시는 펜으로부터 종이로 옮겨진다. 펜은 가슴에서 나온 바로 그것이다." 옥타비오 파스의 말처럼 시적 영감은 불모의 상태 다음에 오고, 시의 언어는 가뭄의 시기를 거쳐 움튼다. "가난과 놀며 자라고 불평등을 목격하면서 나는 자랐다. 고통스러웠지만 그럼으로써 시와 더욱 가까워졌다." 2007년에 출간된 시집 《구불구불한 낙서》에서처럼 네팔의 척박한 환경과 불행한 정치 상황을 거치면서 더 풍성해진 쉬레스타의 시와 노래들은 변함없이 이 땅의 삶을 긍정한다. 그의 영혼에서 솟아 나오는 시어와 음률은 그가 어린 시절부터 바라보고 자란 히말라야처럼 이 세상의 것이면서 동시에 이 세상의 것이 아니다. 그는 떠나가는 사람이고 결코 떠나지 못하는 사람이다.

사는 동안 무엇을 성취했느냐고 사람들이 물으면
슬픔이라고

그러나 보다 위대한 것은

어쨌든 나는
살아남았다는 것

पारीवासी केटोले
गायो लौ है सुन !

चीठा घर भुत्रो चाँदी,
अर्कौ महलजस्तो,
हाम्रो भने चस्तो घर,
सीप्रो भने त्यस्तो !
स्नेह थालो, काती फरक,
स्नेह नरकजस्तो !
किन भयो भन्न आमा,
किन भयो चस्तो !

सपनाभन्न आली भत्रन
चो माझीको जान,
तर किन माझीकीचे
चस्तो पश्चाताप !
एस्तो हुन्छ, मछुन्को
परि बोकनुजस्तो,
केठि ! आमा, अझै छुपी
कती भोग्नु चस्तो !

सम्झाैं भने जन्मैदेखि
दुखै दुःख पाउने,
उमारै भने चेटैदेखि
सुखको भिँतर लाउने,
माछे -हाम्री दुवै माछे,
भाग्य रे चो कस्तो !
भन न रू मेरी आमा,
किन भयो चस्तो !

कसैले दियो गारीबलाई
सुख एक विन्टी !
गारीब नै उठनु पच्यो
गारीबको निम्ति !
साम्सैदिन्छे, मर्नुपर्ने
भि : चो जुगी कस्तो !
स्नेले भूत्रको सही ठाउँ,
जुत्रु जिन्दजस्तो !

चो देशमा हुन्छ रे भक्त्रन
नीतीस कोटि चौंते,
हाम्रो जिमि रहे त आमा,
बोल्दैनत्री औंटे !
न्याघालुच हुन्छ रे चहाँ,
अनाथ चो करुाली !
हाम्रो निम्ति रहे त न्याध,
के भएको चस्तो !

१ आगन्टरे १९५७

두르가 랄 쉬레스타의 자필 원고

누군가 말해 달라 이 생의 비밀

누군가 말해 달라 이 생의 비밀

Durga Lal Shrestha

두르가 랄 쉬레스타 | 유정이 옮김

문학의숲

차
례

불에 덴 상처는
시간이 해결해 준다
가시를 밟은 상처도 다 나았다

그러나 그대여 꽃을 밟은 상처
아직도 아프다

봄 감기

나무 열매를 따고 있다
풀들도 즐겁게 흔들린다
이 모두 우리를 위해 살아 있는 것
그러나 우리의 손은 비어 있다

빛나는 해도 우리의 것
그러나 우리의 머리는 춥기만 하네
우리 몸 사랑스럽지만
마음은 의심으로 가득 차 있네

꽃의 나라이지만
우리에게는 불타는 도시일 뿐
꽃은 활활 타오르는데
가난한 이 도시는
춥기만 하다

환상의 자유

우물 안의 개구리처럼
나는 우상을 신이라고 생각하지 않는다
네 웃는 모습 고운 이마
아무리 아름다워도 그것을
사랑이라고 생각하지 않는다
우상은 우상일 뿐
어떻게 신이 될 수 있겠는가
신은 사라질 수 없어도
우상은 깨어진다

내 앞의 너
네 모습을 사랑이라고 생각하지 않아
네가 사라져도
이 사랑은 영원할 테니까

새벽

새벽하늘 위에
반짝반짝 빛을 내며
밤과 낮이
서로서로 검을 들이댄 채
싸우고 있다
슬쩍 엿보이는 선홍빛은
다름 아닌 피의 색
마지막 싸움이기에
더 많은 피 점점이 배어 나온다
아직 동은 트지 않았다

어둠 물리치고
새벽 오시는 길
너무도 오래고 고달픈
싸움 한판
새벽하늘 아래로
흥건한 핏물 뚝뚝 떨어진다
선홍빛 핏물 뚝뚝 떨어진다

길

가다가 멈추고
내가 나에게 물어본다
우리 모두 어디로 가고 있나
분주하기만 한 발걸음
헐떡이는 숨 어디로 가고 있나
길은 목적지도 없는 맨 얼굴
미끈거리는 허벅지만 보여 준다

산과 산
들과 들
사람과 사람 사이
길과 길이 잇대어진
얽힌 세상 어디에도

목적지 없는 목적지만
무더기무더기 놓여 있다
목적지 없는 목적지만
무더기무더기 놓여 있다

꽃은 왜 피는가

어느 날 시들어야 한다는 걸 알면서도
꽃은 왜 피나?
꽃은 왜 피어나나?
누군가 말해 주세요. 이 생의 비밀
아침의 달콤한 입맞춤만으로
가슴 벅차게
핀 인생이 따로 없네
꽃의 누설,
죽은 이 다시 죽을 수 없고
살아 있는 자만 죽을 수 있다는 것

꽃은 다시 말하네
오고 가는 사람은 결코
내 것이 될 수 없어
나 애원하노니─ 제발 나를 밀어내지 말아 줘

나 살아 있으니
내 생을 죽이지 말아 줘
꽃은 다시 말하네

살아 있는 동안
이렇게 살아 있는 동안
나 웃으며 살고 싶어
꽃은 왜 피나
꽃은 왜 피어나나
누군가 말해 주세요. 이 생의 비밀

한순간

갑자기 불이 꺼졌다
연기가 나오기 시작했다
연기 속에서 슬픔과 같은 색깔 아물거린다

방은 조용하고
한숨의 등잔 하나 있다
오직 그것뿐이다

보이지 않는 눈에
눈물 그렁거린다

그리움은 그렇게
한순간에 온다

부처의 묵상

신에게 바치려고 내놓은
염소 한 마리
어린아이처럼 겁도 없이
쿠쿠리[1]를 핥고 있다

날카로운 쿠쿠리 칼날은 마치 심장을
벨 것 같이 아프다

폭풍우 몰아치고
나무들 잘려 넘어가는데
나무 아래 홀연
묵상 중이신 부처님
귀를 열지 않는다

제 목숨 베어 내는 줄도 모르고
산 제물의 염소 한 마리
어린아이처럼 맛있게
쿠쿠리를 핥고 있다

1_ Kukuri. 염소를 베는 네팔의 전통적인 칼

꽃의 눈에는 세상이 모두 꽃이다

가시의 눈에는 세상이 모두 가시이다
내 마음 거룩하기를 바라네
내 목소리 부처 목소리 되길 바라네
아름다운 눈에는 세상이 모두 아름답고
가시의 눈에는 세상이 모두 가시이다
어두운 밤에 빛나는 달 보기를 바라네
마른 낙엽에도 생명의 음악 들리길 바라네
맑은 마음에는 맑은 세상
가시의 눈에는 가시
원수도 사랑하길 바라네
원수도 사랑이길 원하네
애인의 눈에는 세상이 모두 애인이고
가시의 눈에는 세상이 온통 가시이네

꽃과 나

꽃을 키우는 것도 나
꽃을 껴안는 것도 나이건만
나는 그처럼 웃지 못하네
꽃은 한자리에 박혀 움직이지 않아도
향기 멀리 전해지건만
나 아무리 여기저기 돌아다녀도
누군가 행복해할
향기 한 줌 뿌리지 못하네
향기 한 움큼 뿌리지 못하네

사람
―이상한 동물

사람은 이상한 동물
홀로 거룩하다 말하며
없는 것에만 아므릿[1] 찾는다
짐승은 짐승인데,
새도 새가 되고
곤충도 곤충이 되는데,
사람만 사람이 되지 못한다
누구도 자기 얼굴
제대로 들여다보는 이 없다

1_Amrit, 영생불멸을 위한 신들의 양식

일생의 짐꾼

아직도 나는 내가
누구인지 몰라 놀란다
이 사람인지
저 사람인지
꿈에서 만나는 수많은 얼굴
어떤 게 나 자신인지 몰라
눈에 보이는 모든 게
실물일까?

살아 있는 것도
죽은 것도 아닌
무거운 생을 지고 있는 그

그가 나라는 것
몰라 놀란다

짧은 사랑의 시

1
그대와의 추억의 빛이
체가 되어 나를 가른다
난 액체와 고체 두 부분으로
나누어진다

2
물방울 두 개
호수에 하나씩 뛰어들었다
하나는 물이 되어 호수에 녹아들었다
하나는 물 위에 거품으로 떴다

3
사람이 만든 인형 예쁘지만
사람이 인형 되면 예쁘지 않다
네가 내가 되면 아름답지 않고
네가 신이 돼도 그러하다

4
불에 덴 상처는
시간이 해결해 준다
가시를 밟은 상처도 다 나았다
그러나 그대여 꽃을 밟은 상처
아직도 아프다

5
너를 사랑해서 안을 때
너는 보이지 않는다
너와 헤어져 허공에 서면
그때서야 네가 보인다

너는 길에 누운 다이아몬드
씨앗이 되어 꽃을 피우면
영원히 죽지 않는 나무가 될 것이다

6

한순간의 설렘으로
목숨을 다하는 순교보다는
내 마음속 줄곧 계속 불타고 있는 네가
수백만 배 억만 배 내게는 위대하다

통증

해가 떠오르는데
나에게는 아직 아침이 아니다
내 속은 독이 가득하고
마치 고요한 무덤과 같다

오, 이건 어떤 질식이지
마치 타 버릴 것 같다
연기가 눈에 보이니
살아 있음은 알 수 있다

사방을 둘러보면
온 세상이 불에 올려놓은 냄비 같다
살아 있음에
나는 냄비 위를 걷는 것
이유 없이 이 마음이
가시나무가 되는지
항상 아침만 보던 내 눈은
어디에?

불 위에 올려놓은 냄비
지글거리며 내가 끓는다

쉼 없이 노니는

쉬지 않고 지저귀는
내 마음의 새야
쉿, 좀 조용히 해 줄래?
언제까지 이렇게 쉬지 않고
떠들어 댈 건지
도대체 개의치 않는
마음속 새야
제발 가만히 있어 줘
어떻게 너는 그렇게
삶이여, 삶이여
그렇게 지저귀기만 하며 살고 있는지
내 마음 이리도 오래 불타고 있건만
어쨌거나
나는 너의 진짜 주인이건만
그러나 네 모습을 보면
네가 내 조상이라도 되는 듯해
볼 수도 없고
만져지지도 않는 너 앞에서
나는 왜 내가 되지 못하는지

소유와 명예는 덧없다 해서
팽개쳐 버렸더니
그 화끈거리는 자만심으로 나는
꺼떡거리며 살아간다
그러나 이것은 진정 나를 속이는 중
내가 나를 태우고
그리고 남에게
물을 달라 소리치는 중
쉬지 않고 지저귀는
내 마음의 새야
제발 좀 조용히 해 줘!

텍사스 시편

1. 눈물

텍사스, 네 마당에
내가 왔다
무거운 구름이
눈물 되어 내릴 듯
내일, 그 눈물이 벼의 이삭이 되어
논밭에서 춤을 출 것이다
둘을 녹일 수 있는 그 눈물
사람의 마음에서 피어난다

2. 낯선 곳

도시는 이렇게 큰데
내 자리는 어디 있어?
꽃과 식물 다 있는데
내 마음의 공원 어디 있어?
널린 길 이렇게도 많은데

그 누구도 내 갈 길 말해 주지 않아
마음대로 날 수 있는
그 하늘은 어디?

3. 사람의 가치

햇빛이 비치는 고즈넉한 곳에서
집, 차, 나무
모두 다 죽은 듯 조용하다
멀리서 들리는 발자국 소리
그 소리가 세상을 깨운다
사람의 소리가 만물을 살린다

4. 작별 인사

텍사스, 잘 있어
하지만 가난한 나

줄 것이 없구나
다만 이 잎 하나만
그것도 네 나무에서 떨어진 것

사랑의 그림

나는 너를 그렸다
내 사랑을 묶어 두려고
그러나 내 손에는 액자만 들려 있다
사랑이라는 것은 모습이 아니라는 것을
색깔이 아니라는 것을
냄새가 아니라는 것을 알아차리네

가만히 있어도 두근두근 내 마음 절로 움직이네
내가 보는 이 그림은 분명 너이지만
너는 여기 없구나
아마 너는 부피가 너무 커서
여기에 갇힐 수 없었을 거야
몸집이 너무 커서 아마
내 속에 들어올 수 없었을 거야

사람

행복의 꼭대기는
왕관이래요
의자들은 많지만
왕좌는 하나밖에 없대요

애써 가는 목적지
그 바깥은 어디?

왕관을 쓴 사람
왕좌에 앉은 사람
볼멘소리로 밤을 보내네

왕궁에서 잠을 못 이루는 임금
천막에서 퍼지게 자는 거지
누구의 의자가 왕좌일까

원망의 나무
슬픔의 열매만 열린다

어떻게 이 냄새의
감옥을 벗어날까

꿈은 즐겁고
사실은 헛헛하네

애써 가는 목적지
그 바깥은 어디?

까치가 말했다

너를 기다리는 도중
까치가 울었다

─이 세상에 기다림보다 더 좋은 친구가
어디 있을까
기다리고 기다려라
다 잊고 기다려라
기다림으로 일생을 소진하는 것

신에게도 어려운 일이니
신의 신
기다리고 기다려라

너의 편지

네 편지 한 장 받았는데
다이아몬드 받은 것만 같다
내 조용한 마음
갑자기 시끄러워진다
내 몸과 네 몸
멀어질수록
내 마음과 네 마음 가까워진다

금단의 열매처럼 달콤한
너와 나
타는 마음의 불 속에
온몸 던지고 싶다

시

시간이 나를 놓아두고
앞으로 가듯
아니면 내가 나에게서
도망가듯
내 버린 봇짐 같은
내 몸
눈에 저절로 고이는 눈물로
시를 쓴다
그렇게 쓴 시를 다시 읽는다
그러면 나는 다시 이슬이 되어 구른다

이른 아침 잠을 깬 풀잎을 보면
거기 울고 있는 내 모습 보인다

내 사랑

이것이 별것 아니라도 받아 주세요
그 대신 조금 웃어 주세요
그 웃음은 내게 큰 재산이 될 거예요

가녀린 웃음보다도 나는
차라리 울고 싶은데
눈물 없이 어떻게 울음 울겠어요
슬픔 없이 어떻게 눈물 흘릴 수 있겠어요

시원한 사랑의 그늘 어디 있을까요
그대가 내 것 아닌데
내가 내 것이라고 우기는 건 웃기지 않나요?
내 속에 있는 고통
그대는 나의 슬픈 선물
이것 다 잊어버리면
그대가 내 것 될까요?

애인

매일 여러 나라의 절에 다니고
하느님을 부르다가
수없이 향을 태우고 절을 했다
그런데 하느님을 만날 수 없으니
어찌하랴
실망해서 하느님 대신
애인을 불렀다

애인을 기다리는 골목에서
갑자기 하느님을 만났다
하느님보다 더 눈부신
그녀를 만났다

네 집의 문지방에서

조금 전까지 너로부터
먼 곳에 있었는 줄
알았는데

이제야 알게 되었어
나의 목적지는 바로
너의 문지방이라는 걸

너를 피해 도망가고
너를 기만하려 했으나
결국 도착한 곳은 너의 문지방

이제야 내 속에서 내가
없어졌다

사랑의 비밀이 그러하니
네게서 받은 즐거움
앞으로는 더 큰 슬픔을 치받아도
아프지 않을 거야

아프지 않을 거야 사랑아

사랑

물건이라면 좋고 나쁨을
비교할 수 있으나
너는 나에게
누구하고도 비교할 수 없는
그런 사람
너를 위해
죽을 수도 있겠다
이것은 의무도
그리고 권리도
아닌 것
이 사랑
아무 목적도 없다면
그럼 이것은 진실한 사랑인가?
아니 그럴 리 없지
왜냐하면
진정한 사랑을 꾸미는
어떤 형용사도 없을 테니까

라말라[1]

모두의 애도 속에 라말라는 죽었다
그리고 난 여기 남아 있다 결국
사랑해 주는 사람 하나 없이
그녀는 죽었지만 아직 여기 있다
여기에 있어도 없는 나
그저 울 뿐이다

죽음이 모든 것의 끝이라는 말은 가당치 않아
눈물로 얼룩진 내 눈으로
그녀가 여기에,
저기에,
어디에도 있는 걸 아니까

라말라는 살아서 아직 여기 있다
마음속 깊이 박혀
한 걸음 한 걸음 끌어당긴다

그녀는 모든 꽃봉오리를 물들이고
모든 잎사귀를 빚어낸다

꽃향기 하나하나
사랑스런 자취가 남아 있다

그녀는 사랑받는 아내이자
자애로운 어머니
삶의 곳곳에 배어드는
놀라운 재주가 있다

다른 이들은 그녀의 부재를 슬퍼하나
나는 내가 살아 있음을 슬퍼한다
이 세상에 맞게 태어났다면
떠나감도 순리인 것을

나 항상 당신을 생각하네
애수로 가득한 묘지 위를 비추는
한 줄기 황금빛 햇살처럼
잊히지 않는 여인
라말라여

1 _ Ramala: 네팔 여성 인권 운동가

빈 시간

아무리 오래 눈 뜨고 있어도
밤은 조용했고
비로소 시간이 눈을 뜨자
재빨리 새벽이 되었다
밤아,
왜 이렇게 나를 무시하니?
너는 이제 끝이야
나무야,
너도 밤 따라다니면서 나를 놀리지 마라
나는 왜 모두에게 무시당할까
그러나 무엇보다 슬픈 일은
내가 내게서 멀리 간 것

나는 왜 내 숨을 내 것으로 못 느끼나
나를 버리고 내 젊음은
어디로 가고 있나

아침과 저녁

내가 산에서 내려가고 있을 때
그대는 위로 오르고 있었지
눈웃음을 보이자
그대는 멈추었지
한 구절 시를 만난 듯
그때 내가 생각했지
네가 나의 과거이고
내가 너의 미래
그때 내가 느꼈지
황홀한 순간이여!

그러나 한순간 너는 너무 멀리 가 버렸네
현재에서 너무 멀리
내게서 너무 멀리
하루 안에 담겨 있으나
끝내 만날 수 없는 아침
그리고 저녁처럼 우리

어두움

나는 까맣게 어두워
다른 사람이 싫어하네
나는 빛의 장막이라고 하지만
그러나 실은 진정함을 재는 저울이야
나는 빗자루로 청소해야 할 먼지도 아니고
어디에 버려야 할 쓰레기도 아니야

불을 켜는 사람만이 나를 몰아낼 수 있지
꿈을 꾸는 사람에게 나는
얼마나 좋은 궁전인지

내가 너무 깜깜해서
모두들 싫어하지만

그대여
어둠의 커튼 얼마나 깊은 꿈인지
얼마나 하얀 장막인지

꿈

나는 내가 분명한데
언제나 아무것도 하지 않는다
슬픈 곡조로 마음을 따라 흐르는
내 속의 어떤 나
그 속에 내가 보이지 않는다

숨소리의 층계마다
가쁘게 불러 대는 나

이 몸과 마음의 슬픔 말고
나의 나
대체 어디 있어?
아무리 흔들어 깨워도
내 안의 나
일어나지 않는다

죽음을 기다리며

얼마나 자주
기다려 왔던가
두려운 마음으로!
절대 포기 없는 그 손길
얼마나 많은 밤을 지새우며
얼마나 많이 잠의 조각을 찢으며

너무 오래 팔딱이는 삶을 살아왔다
가야 할 곳이 어디인지 모른 채
내 사랑을 기다리며 보냈던 그 시간
지금은 텅 비어 버린
하지만 그리 형편없지는 않은

삶이 거기 있다면
그 모든 것이 헛수고
비극이 되고 말 일
심장은 피를 흘리고
죽음이 그것을 마시고 다시
팔딱이며 살아갈 것이다

얼마나 오래 두려운 마음으로
기다려 왔던가
절대 포기 없는 그 손길
얼마나 많은 밤을 지새우며
얼마나 많이 잠의 조각을 찢으며

식스 센스

달빛 사라진 온화한 바다에서
수탉의 울음 물에 떠밀려 왔다 갑자기 불을 밝힌 듯
환한 환상이 빠르게 홀치며 지나간다
얼굴을 쓰다듬는 미풍처럼
재빨리 나를 앗아 간다
멀리서 개 한 마리 마을을 향해 짖는다

정적의 표면을 긁는
멀쩡한 정신으로
내가 내게 그토록 오래 짖어 댔던

반성

오, 내 마음 왜 자꾸 미끄러질까
비늘을 가진 물고기처럼
왜 나는 단단히 붙잡지 못했을까
부처님 하신 것처럼

왜 나는 또다시 사랑의 덫에 걸렸나
알면서도 왜?
풀려고 하면 더욱 단단히
조여드는 매듭

실마리를 찾으려
바람을 향해 애원한다
어찌해야 하는지?
눈물은 뚝뚝 떨어져
더욱 반짝거린다
양심을 찌르는 비수

오, 나는 알지 못했네
온전한 내가 되기를 방해하는 배신자

그 누구도 아닌

갈라진 혀를 가진 내가
오롯이 누워 있다
보리수나무 만개한 거기
그 정원 위에

어느 아침에

하늘의 창문이 열렸다
해가 오르고 있다
꽃물처럼 붉다

폭포들이 춤을 추고 있다
산, 나무, 땅
모두 유쾌하게 웃는다

세상 만물은 일어나고 있다
그러나 짧은 그 순간에도
인생의 방점은 찍힌다
누군가
새로 태어나는 아침
사랑하는 이
죽음 가까운 소식을 듣는다

최후의 심판
—독재자에게

그대 발을 디딘 곳마다 푸른 풀이 돋아나네
나뭇가지마저도
축복을 표하려 몸을 굽히고

달콤한 과육
맛도 모르면서 그대 쉽사리 사로잡히네

너무 행복에 겨워 그대
저도 모르게 수렁으로 빠져들고 있다
진정 유희만 탐닉하는 소인배
너를 따를 자 없다

천박한 취향에 취해
너는 우리에 갇혀 있는 셈
우리 저편으로는 한 발짝도
디딜 수 없을 것이다

네가 사라진다 해도
이야기를 끝내지 못할 것이다

우리의 마지막 전투는, 짐작건대
결혼 행진 같지만은 않을 테니까

내가 사는 삶, 내가 내쉬는 숨엔
혼이 깃들어 있다
그래, 나는 온 마음으로
그날이 도래할 것임을 믿는다

오 너는 악마보다 악하고
원수들을 달뜨게 하지
들어라, 해방의 그날
너의 머리는 제일 먼저
바닥을 구를 것이다

순교자

오늘 당신을 생각합니다
심장 가득 슬픔이 고여
나도 모르게 저절로
눈물이 볼을 타고 흐릅니다
괴물 같은 고통이
심장을 갉아 먹습니다
이리저리 물리고 뜯기는 것처럼
화상을 입은 듯한 고통이여!
그럴 때마다
눈물의 저수지에서
걸어 나오는 당신

당신이 부르는 노래밖에는
바람 속 아무것도
바스락거리지 않습니다
모두 다 물에
흠뻑 젖었습니다
눈부신 물방울, 황홀한 순간입니다

뜨겁게 끓어오르는 눈물로
삶을 내려놓은 당신
비록 당신 가 버렸으나
누리를 가득 비추는 거룩한 미소
우리 모두 오늘 당신을 생각합니다

불멸의 사랑

어느 화창한 아침
고개를 든 꽃들
"여기저기 발자국들을 남기고
정원사는 어디로 갔을까?"

고개를 들어 아무리 찾아도
물을 주고 떠난 그는 어디에?
꽃들은 울먹인다
어디선가 들리는 목소리

"네가 어디에 있든 나는 그곳에 있을 거야
사랑은 죽지 않지
그러나 시력을 잃고
눈으로 볼 수 없을 때
그때야 비로소 사랑을 볼 수 있는 법
여기도 거기도 아닌 그 어느 곳에"

눈물들

사랑하는 이와 함께 걷는 그녀
왜 눈물을 쏟고 있나?
눈물은 그저 구르는 물의 방울일 뿐
그러나 아, 얼마나 무거운 것인지

모천에서 길어 온
그러나 새로운 매듭의
눈물방울은 흘러내린다
방울방울 사연들을 매달고

오, 심장이 부서질 듯
그녀의 눈물 아파라
엄청난 무게
어떤 시인도 묘사할 수 없는
어떤 시인도 그려 낼 수 없는

힘의 오용

그대의 맑은 얼굴을 보면
순백도 부끄럽다
그 예쁜 껍데기 안에
그처럼 위험한 파괴가
자리 잡고 있다니!
오늘은 그대가
제일 힘센 사람
그 힘으로 다른 사람의 정원을
파헤치기만 할 것이냐?
네가 황소가 되었느냐
네 힘을 모두 비방한다
네 뿔로 평화를 치받아
평화는 상처 받았다
눈이 있어도
왜 보지 못하느냐
나쁜 일을 하고도 왜 뿜만 내는지
무엇을 할 수 있느냐

아무리 힘이 세도 그저

네 무덤만 깊게 팔 뿐이다

원망에 대해서

황홀한 원망 아무리 유혹해도
나 거기 들어가고 싶지 않아

속 깊은 내 마음 원망을 그저
꼭두각시로 생각하네

약한 바람에도 나무들은
잎을 떨군다

강하다는 것
그 어떤 것도
우리를 넘어뜨릴 수 없다

국민
― 갸넨드라[1] 왕 즉위에 반대하며

제일 거룩한 것은 국민
왕보다도
신보다도
오직 국민만이 거룩, 거룩하다 하네

정치가들도 국민을 받들고
왕의 기초도 국민이라고 말하네

그렇지만 그렇게 거룩한
국민의 왕좌는 어디에?

병원도 법원도
학교도 국민의 것이라고 하네
그러나 내 눈에
사람은 많이 보이나
국민은 안 보이네

후미진 뒷골목
아무것도 없는 마을

사람 하나 보이지 않네
거기 비로소 국민이 보이네

사기꾼들은 국민의 피를 빨아먹고
국민은 아직 죽지 않았네
기절은 했어도
꿈은 살아 있다네

이 마을은 안전한 국민의 마을이 될 것이네
왜냐하면 국민들
피의 강에 샤워하고 일어났기 때문

1 _ 왕정 시절 처참한 살해 사건에서 유일하게 살아남아 권력을 잡은 네팔의 왕

시간의 소리

지금 이제야 내가 믿는다
허공에서 들리는
자유의 소리

여기저기 사방에서 소리 들린다
통나무의 가슴 두근두근
시체도 다시 일어날 것 같다
지금은 어두운 밤 그러나
새벽이 멀지 않다

새 시간의 신랑은
들러리와 함께 신부를 데려올 것 같다
나는 믿는다
새로운 시간을 불러오는
이 소리
허공에서 들리는
자유의 소리

무거운 질문

네팔은 작고 작지만
나도 작고 작지만
나는 우상도 아니고
돌도 아니니
어떻게 나를 자로 잴 수 있을까

네가 나를 무시한다면
내가 어떻게 살아남을까
하얀 모자를 쓰고 있는 에베레스트와
즐겁게 노래하는 강들을
자연의 축복받은 이 나라를
저주는 누가 했나?

순교자도 많았는데
피의 강이 땅을 적셨는데
어찌 이 땅은 이리 메말랐는가?
깃털 같은 정치가들아
이 무거운 질문을 가슴에 담아라

아무것도 안 해도 관계없어
학력 없어도 괜찮아
오직 네 심장에 나라의 사진을 찍어라
네 얼굴에
나라의 사진이 떠오른다면
걱정할 것이 없네
하찮은 내 목숨 버려도 상관없네

그대
이빨만 반짝이는 정치가여
검은 눈동자로 사진을 찍어라
네 얼굴에 찍힌 사진을 들여다보아라

거래

외국에 오래 살다
고국에 돌아온 그는
다른 사람들 눈에
위대한 사람으로 보였다

아마 가방 안에는
돈도 많겠지
그런데 진정 예전의 그가 맞는가

달라진 사람들은
예쁜 집도
아내도 윤기 있는 차도 받았다
출근 시간 퇴근 시간
다 얻었는데
자신의 시간 얻었는지는 모른다

거래할 때 그 사람
무엇을 얻었는지 뽐냈다
무엇을 잃었는지는

생각하지 않았다

이민

집은 집인데 집 같지 않다
공기는 적막하고 생명 없는 듯

의미 없는 소리의 바스락거림
네가 입은 화려한 옷은
네 몸을 전혀 가려 주지 않는다

무지개로 수놓았던 우리 하늘 어디에 갔나
아름다운 선율로 울려 퍼지던 우리 공기 어디에 갔나

온 나라가 한순간
남김없이
외국으로 가 버렸다
거룩한 군주의 놀라운 업적이라니!

백성들 모두
마음의 문 걸어 잠그고
먼 나라로 떠나 버렸다

내 운명

사는 동안 무엇을 성취했느냐고 사람들이 물으면
슬픔이라고

그러나 보다 위대한 것은

어쨌든 나는
살아남았다는 것

신

람Ram이라고 적힌 머플러를 두르고 있는
판디트[1]여
네 일생을 희생해서 누구를 보호할 것인가

네 집의 모든 식구를 버리는
큰 희생으로
바티[2]를 태운 돈밖에 무엇을 얻었느냐

네 마음속에 얼었던 원망을 버리는 것을
희생이라고 생각하는가

세상 어느 구석에
숨을 곳이 있을까

어느 날 절 안에서 부르는 찬불가
무슨 뜻인지 너는 진정 아는지

너무 더러운 수드라[3] 네 곁에 갔으나
눈살을 찌푸리는 너

그 더러운 수드라가 누구인지

진정 너는 아는지

1 _ 인도의 법학자를 일컫는 말
2 _ 종교의식을 행할 때 목화를 심지처럼 만들어 불을 붙이는 도구
3 _ 인도 네팔의 카스트 가운데 가장 낮은 신분

그 물

우물에서 길어 올린 물
맑고 시원하다고 하지만

내가 그 말을 어떻게 믿을 수 있지?
내겐 너무 뜨겁기만 한 것을

나를 간절히 불러
가까이 갔더니
눈도 맞출 수 없었어

그 물이 내게 닿으면
나는 불처럼 탈 것 같아

네게 몸을 다 데이고
비로소 나 흔적도 없네

나의 영혼

비탈 같은 너
꼭대기까지 사랑했는데
미끄러지고 싶지 않았는데

누구도 그 얼굴 볼 수 없기를 바랐는데
죽음도 네 얼굴 찾을 수 없기를 바랐는데

너를 사랑하던
내 영혼 어디에 갔나

아므릿을 맛보러 간 너

내 마음의 하늘
네게서 온통 미끄러진다

평화

평화, 평화여, 소리 높여 불렀지만
자취도 없다
조용히 눈 감았더니
가까이 다가와
따스하게 이불 덮어 준다

아무리 멀리 걸어가도
헛되다는 것 알았다

평화, 평화여
내가 얼마나 너를 찾아 헤매었는데
어느 결에 심장 가운데
파고들어 온 거니?

조금 전의 나

고개 들어 보니
눈앞에 덩그러니 물음표만 앉아 있다
꽃 앞에 코를 대니
모른 척 고개를 돌린다

바람이 내 몸을 거칠게 문질러 댄다
해님도 내 생이 아직 따뜻한지
살금살금 더듬어 본다

아직도 나 생생하기만 한데
왜 나를 무덤으로 끌고 가는지

눈 감았다 뜨고
다시 감는다
조금 전의 나와
조금 후의 나
하나의 물음표로 꺾여 있다

우정

이 순간은 내 앞
아무것도 없네 다만
나무 한 그루

가만히 서 있는 그 나무
나와 같이
가만히 서 있는 그 나무
오래 찾아 헤매던 너

나뭇잎이 흔들리고
시간도 흘러가고

빠른 것만이 생은 아니고
빛나는 것만이 생은 아니고

오래 묵은 친구
머리칼을 흔들며 가만히 서 있다

죽은 사람 곁에서

말도 안 하고
움직이지도 않고 그는
다시 일어날 수 없는
깊은 잠에 들었다

살아서도 죽음이
두렵지 않았던 그는
그래서 항상 웃었는지도 모른다

언제나 고통과 친구이던 내 친구여
그래서 얻은 것이 고작 죽음이라니
죽음 같은 죽음이라니

이 순간 나는 네 곁에 있다
네가 주고 간 숨을
길게 그리고
깊게 호흡하고 있다

집

늦은 저녁 옆집 옥상 위
까마귀 한 마리 보았지
모두들 집으로 돌아갔으나
그는 홀로 허공에서
비 맞고 있었지

젖은 몸에서
물방울 뚝뚝 떨어졌으나
까마귀는 아무렇지도 않은 듯
가만히 있었네

어둠 더욱 깊어져도
그는 움직이지 않았네
몸이 까만 까마귀를 보면서 내 안에
불이 반짝 켜졌네

존재의 집,
소중한 나의 집
멀리서 오래 비에

젖고 있음을 알아차리네
움직이지 않고
깊고 더 깊은 어둠 속에서

무의미한

자연은 제대로 갖춰 입지 않아도
아름다움을 느낄 수 있지
이것은 이것이다
별다른 설명 없이
이 세상을 이해하거나
이해하게 만드는 것보다
신기한 일이 어디 있을까

꽃들은 아름다움의 의미를 몰라도
예쁘게 피어난다
자신을 버리는 일보다
훌륭한 일은 없다

자연이 아름다운 이유는
바로 이 무의미 때문!

세상과 삶

태어날 때부터
우리는 하늘로 향해 가고 있다
이것을 알게 되면
세상은 더 사랑스러운 것
세상에 있는 모든 것 중
가장 소중한 것은 사랑이지
그 사랑 못 받는다면
실로 죽음일 거야

세상아, 나를 제발 이렇게
죽이지 말아 줘

나그네

낯선 골짜기의
어느 나그네
혼자서 산을 올라간다
가다가는
지쳐서 더 못 가고
나무에 대고 쉰다
그의 메마른 눈동자만
산을 올라가기 시작한다
그러나 미끄러운 산에서는
그마저도 떨어져 버린다
어두운 산에서
눈물의 기름으로 등불을 붙이고
그 나그네는 소리를 친다
'산아, 네 희망의 정수리를
대체 어디에 감추고 있니
머리를 좀 숙여 줄래?'

팔라이차[1]

두꺼운 침묵의 꺼풀을 입은 채로
팔라이차는 홀로 서 있다
한적한 마을 도로 옆에
방문객을 기다리며– 과연 누구를?

을씨년스런 밤의 그림자가
사방을 좁혀 오기 무섭게
떠나는 해는 팔라이차를 잠시
비추고 가며 야단을 떤다

슬픔에 겨운 마음이 흘러넘쳐
한숨으로 터져 나온다
눈물은 이미 오래전
말라 버렸다

바다 건너온 구경꾼들
하늘 아래 돌들을 베개 삼아
꿈나라를 가로지른다

초승달만 가늘게 떠 있다

자취도 없이 밤이 사라지고
황량한 아침은 눈을 비비며
서서히 일어선다

1_ Palaicha. 관광지 주변에서 흔히 볼 수 있는 원두막과 같은 휴식 공간

오색의 불기佛旗

그가 죽은 것을 알지만
죽었다는 말을 듣기 전까진 울 수 없다
아 내 두통은 어떻게 치유해야 할 것인가
어떻게 아 어떻게

아니, 운명적으로 벌어진 일은 아니다
내가 선택한 일이다
이 괴물은 끝없는 욕망의
참혹한 결과물이다

자연의 법칙은 단순하다
모든 생명체는 언젠간 죽는다는 것
이런 저주받을 고통을 겪느니
차라리 죽는 편이 나을 것이다

지금까지 쌓아 온 지식은
조약돌 더미에 지나지 않았다
이로써 더욱 내가 죽고 천국에 가는 길이
쉽지만은 않을 것 같다

신이 있다면
당장이라도 날 구원해 줄 것이다
죄 많은 내 영혼을 어루만지는 순간
그조차도 검어질지라도

여기저기 휘날리는 오색 깃발
애처로운 질문을 던지는 듯하다

"나를 숭배하는 중생들이여
무엇이 진실이고 무엇이 거짓인지도
모르는 너희들 속에
나의 설법은 휘날려 대체 어디로 갔단 말인가."

예정설

우리는 진정 가까이 붙어 있지만
너무도 먼 곳에서 살아가고 있다
그러니 고개를 들고 하늘을 본다면
내가 보는 달이 너에겐 반으로 줄어 보이겠지

너의 형체와 닿는 것만으로도
온몸 깊숙이 소름이 돋는다
은밀한 네 속의 생각들은
몸짓으로 드러난다

밤새 네 곁에서 난 눈물과 한숨이 새는
구멍 난 항아리인 듯 굴었다
또한 네 앞을 가로막고
사랑을 잃은 조각상처럼 우뚝 서 있곤 했다

너도 나만큼이나 떳떳하다
너의 마음도 내 것만큼이나 깨끗하다
그러나 가까울수록 우린 물과 기름 같아져,
결코 하나 되지 못하고 만다

영혼이 육신을 떠날 때에도
나의 숨결은 어딘가에 남아 있겠지
내가 머문 그 의식의 한 곁에
잠시 머물고 있는 채로

나는 이 정체 모를 고통을
평생 달고 살아야 할지도 모른다
이 오리무중의 상태
다시 환생해 무엇으로 태어나든지

오 눈물 젖은 베개야, 부디 내 말을 들어주렴
이 얘기를 아무에게나 말하지 말아 줘
가득 차올라 더 이상 담을 수 없는
이 달 밝은 밤의 이야기를

마지막 소원

입히고, 찢기고, 다시 누벼지고
나는 올만 남은 상태이다
잠시만 땀을 닦고 쉴 수 있게 해 줘,
죽을 만큼 지쳤으니까

얼마나 멀리 떠나왔는지,
앞으로 남은 길은 또 얼마나 되는지 모른다
내 갈 길에는 발자국이 없기에
눈물지으며 뒤돌아볼 뿐이다

"오 공허함이여,"
난 물었다
"내 안의 '나'는 무엇인가요?"
허리춤에 찬 바구니 속
잿더미를 보여 주며 그것은 말했다
"죽음과 맞바꿔야 하는 것이다"

"내가 죽음과 맞바꿔질 운명이라면,"
난 말했다

"그렇게 하겠어요
그 대신 나의 죽음을 눈 덮인 산등성이
세상의 정수리
그 정신의 꼭대기에 뿌려 주세요"

기도

잠을 자거나
깨어나 걷거나
오직 하나만

내 몸
마음과 영혼
조용하기만을 원해

물과 공기처럼
눈처럼 맑았으면 해
불처럼 따뜻했으면 해
세상 모든 것에
네 부드러운 얼굴만 보였으면 해

어느 날 죽음이 갑자기 온다 해도
기쁘게 덥석 안을 수 있었으면 해

내 몸
마음과 영혼 그렇게

하나이기만을 원해
하나이기만을 원해

소망

가까이 죽음의 그림자 서성이는데
따져 보니 제대로 살아 본 것 같지 않아
나는 나를 떠돌던 나그네
아무 관계도 없는 사람 같네
지금까지 살아온 것은 누구였을까
헷갈리기만 하고,
그러면 이 생명 버리고 나도
아예 죽지 못하는 것은 아닐까?
내 몸 다 타서 재가 되어도
하늘에 가지 못하는 것은 아닐까?
죽음의 그림자 저 앞에서 서성이는 지금
이제야 지펴 보는 소망 하나
지금이라도 바짝 삶을 당겨 보고 싶네
마음을 성처럼 강하게 치고
군사를 세우고
그렇게 죽음을 뚫어져라 응시하고 싶네
그렇게 삶을 뚫어져라 처다보고 싶네

삶과 죽음, 사랑의 노래를 짓는 시인

유정이(시인)

몇 년 네팔을 제집 안방 드나들 듯하면서 네팔병이 단단히 들었다
고, 최근에는 암으로 급속히 진전되고 있어 치유가 어려울지도 모
른다고 말하며 지인들과 웃은 적이 있다. 방학이 임박한 학기 말미
가 되면 나도 모르게 마치 세상에 태어나 마치 처음 해 보는 사랑
처럼 두근두근 설레는 마음으로 짐을 꾸리고 있는 자신을 발견하
게 된다. 단순한 우스갯소리만은 아니라는 사실에 스스로 놀라기
도 하면서.

네팔을 자주 오가는 사람들의 경우 거대한 산과 신이 만든 자연
경관에 매료되는 것이 대부분이다. 그러지 않겠는가. 해발 8,000미
터가 넘는 세계의 고산 가운데 여덟 개를 자산으로 보유하고 있는
최고봉의 나라에 대한 호기심과 관심이 그들 산의 높이만큼이나
높을 수밖에 없는 것은 당연한 일이다. 캄캄한 밤이면 이마라도
깨뜨릴 듯 서 있는 성성한 별들과 바로 코앞에 거짓말같이 앉아
있는 설산의 풍경들은 표현으로 가늠할 수 있는 것이 아니다. 그

깊숙한 산 언저리마다 자기 자리를 찾아 겸손하게 들어 앉은 고즈넉한 집채들과 제멋대로의 미를 발현하는 구획되지 않은 농경지들, 비탈과 돌멩이들이 모두 자연이라는 이름으로 아름다운 곳.

그러나 네팔에서의 여러 진풍경 중 무엇보다 아름다운 것이 있다면 바로 사람들이다. 우물처럼 깊은 눈을 가진 어린이, 여인, 그리고 그 깊이만큼이나 순정함을 가진 사람들을 그곳 어디에서나 쉽게 만날 수 있다. 기록에 의하면 네팔 인들이 가장 즐기는 소일거리는 음악과 춤이라고 하는데 그런 연유가 그들을 더욱 아름답게 만드는 것인지도 모른다. 세계 빈국 중 하나이지만 행복지수가 아주 높은 나라 중 하나인 것도 마찬가지 이유가 아닐까.

노래와 춤을 좋아하는 이들의 생활 태도는 시에서도 예외가 아니다. 19세기로 그 처음을 상정하였을 때 약 250년의 역사를 거쳐 오는 동안 일관성 있게 네팔 시의 대부분에는 리듬이 생생하게 살아 있다. 일정하고 규칙적인 리듬을 의식하거나 라임Rhyme을 고려한 시행의 배치에 신경을 쓰고 있다. 어쩌다 그들의 시 낭송 모임에 가 보면 일정한 곡조에 맞추어 시인이 직접 노래하는 경우를 쉽게 만날 수 있어 이색적인 느낌에 빠지게 한다.

시인 두르가 랄 쉬레스타의 시는 이러한 음악적 특징을 가장 잘 보여 준다. 점차 리듬에 대한 강박에서 벗어나고 있는 최근의 동향으로 볼 때 어쩌면 그 어떤 시인보다 리듬을 더 많이 의식하고 있다고 해야 옳다. 그는 특히 노래를 위한 시, 즉 시적인 가사를 짓는 작사가로서 더 많이 대중들에게 알려졌을 뿐 아니라 본인 스스로도 그러한 자신의 작업에 상당히 고무되어 있다.

그가 시를 쓰게 된 계기는 열한 살 때 마을에서 열린 작은 축제에서 연극을 공연하기 위해 연극에 들어갈 노래의 가사를 쓰면서였다. 궁한 대로 그저 힌디 음악에 가사를 붙여 공연하도록 한 것이었는데, 당시 우쭐거려지던 신나는 기분을 요즘 가사를 지을 때도 마찬가지로 느끼며 행복을 경험한다고 한다. 돌아보면 그에게 아주 특별한 경험이었던 것이다.

그가 지은 가사에 곡을 붙여 만든 노래를 아주 쉽게 TV나 라디오에서 들을 수 있다. 특히 그는 아니Ani라는 여 수도자Monk가 부른 노래의 가사를 지으면서 더욱 유명해졌다. 매혹적인 목소리와 호소력 있는 노래로 서방에 먼저 알려진 아니는 노래를 통해 얻은 음반 수입으로 네팔에 불교 사원을 설립하고 이를 기반으로 소외되고 가난한 사람들을 돕는 일에 적극적이다.

두르가 랄 쉬레스타는 아니가 부르는 노래에 종교적이고 명상적인 가사를 바침으로써 그녀와 더불어 많은 상을 받기도 하였다. 아니의 음반에서 들을 수 있는 아름다운 가사는 그의 시가 대부분을 차지한다. 시는 홀로 하는 작업이지만 많은 이들에게 공감을 주고 그와 더불어 시인으로서의 기쁨과 자부심을 느끼는 것도 중요하다는 관점에서 이 작업은 더욱 가치가 있다.

두르가 랄 쉬레스타는 네팔어와 더불어 소수민족의 언어인 네와르Newar어로도 시를 쓰는 대표적인 시인이다. 남한보다 조금 크고 한반도보다 다소 작은 면적을 보유한 네팔은 그 높고 깊은 산만큼이나 수다한 인종과 언어로 이루어져 있다. 산악 국가의 지리적 특성상 오래전부터 고립된 마을을 중심으로 각자 다른 언어공동체가 이루어졌을 것이고 그것이 고착화하여 나타난 결과라고 보면 매우 흥미가 있다. 대략 50여 인종과 100여 개의 언어가 공존한다고 하지만 이는 정확한 통계 수치가 아니다.

네와르어는 지금의 수도 카트만두에 근거지를 두었던 원주민들의 언어로 그들 나름의 다양한 도시문화와 발달된 생활을 반영하고 있다. 현재 한국의 예술진흥원에 해당하는 네팔 아카데미 명예회원으로 추앙받는 그는 고등학교를 졸업한 후 32년간 여러 학교에서 네팔어를 강의하면서도 네와르어 대한 고집을 버리지 않았다. 이는 그의 시에 개성적인 색채를 강화하는 요소가 되고 있다.

그의 시를 일별할 때 발견할 수 있는 또 하나의 특징은 현실 정치에 대한 관심과 구체적 사회 인식을 드러낸다는 점이다. 그런데 이는 비단 그만의 독보적인 개성이라고 하기에는 적절치 않다. 여러 차원에서 불안한 모습을 보이는 네팔의 정치 사회적 환경을 반영한 하나의 보편적 징후라고 보는 게 더 타당하기 때문이다. 우리 문학의 1980년대 정황처럼 지식인 혹은 작가로서의 사회적 책무를 수행하는 한 양상이라고 할 수 있는 것이다.

삶과 죽음, 사랑과 종교에 대한 깊이 있는 인식을 리듬과 더불어 표현하려고 노력했던 두르가 랄의 시가 표현이 간결하고 단순하게 다가온 데에는, 네팔어(네와르어)에서 영어로 일차 번역되는 과정에서 불가피하게 언어의 맛스러움이 유실되었을 가능성이 있다. 이

점을 우려하여 영역본을 다시 한국어로 옮길 때에는 네팔 원어를 함께 보면서 원본의 맛을 조금이라도 더 살리려고 하였다. 이때 힘든 내색도 하지 않고 옆에서 성실히 도와준 네팔 친구 모한 카르키Mohan Karki에게 고마운 마음을 전한다.

네팔 사랑의 증세가 깊어져 네팔의 시와 사람들, 시인들을 자주 만나게 되는 것만으로 충분히 황홀하였건만 출판사의 세계숨은시인선 기획에 동참하여 네팔의 한 시인을 꼼꼼히 읽을 수 있는 기회를 얻었으니 개인적으로는 이보다 더한 기쁨이 없다.

노래하라, 성聖은 바로 그 노래에 있으니

권혁웅 (시인, 문학평론가)

고백하건대 내 삶의 전반부는 성과 속의 문제에 사로잡혀 있었다. 사춘기 때의 나는 잡초처럼 아무데나 뻗어 오르려는 육체와 전지가위를 들고 끊임없이 그걸 잘라 내려는 영혼 사이에 끼어 오도 가도 못하고 있었다. 욕망과 고결함은 동거하지 못한다는 게 내가 믿은 종교의 기본적인 가르침이었다. 살[肉]은 허물이 거하는 곳이며 썩고 마는 것이어서 매번 스스로를 부정하려는 몸짓 속에서만 간신히 보존되는 허망한 질료에 지나지 않는다. 영혼은 불멸하는 것이라고 배웠으나 살에 끼친 흔적이나 숨결이 아니고서는 그걸 감지할 수조차 없다. 두 개의 대립하는 중심 사이에서 성결함은 매번 살을 쪼는 고통 속에서만 유지되는 일종의 부정형(네거티브)이었다. 그토록 내 살을 내가 쪼면서, 그 살이 독수리에게 쪼이는 간도 아닌데 날마다 새로 돋아나는 것을 바라보아야 했다. 한 줌의 성聖을 위해 그토록 많은 속俗이 버려져야 했던 것, 내 청춘의 불행은 거기에 있었다.

지금 생각해 보면 나는 영혼과 육체의 변증법을 올바로 깨우치지 못했던 것 같다. 영혼이란 육체라는 형식 너머에 있는 것도, 그 형식에 내재해 있는 것도 아니다. 애초에 육체가 공간적인 한계를 통해 존재하는 것이 아니기 때문에 육체의 안팎에서 영혼의 처소를 찾을 수도 없기 때문이다. 몸과 몸 바깥을 구분함으로써 성립하는 판단력이란 영혼이 아니라 몸에 깃든 보편자, 곧 이것 아님을 통해서 간신히 이것을 지칭하는 빈약한 존재에 지나지 않는다(심리학에서는 이를 '자아'라고 부른다. 육체가 간신히 그러쥔 한 줌의 비-육체다). 영혼은 그런 것이 아니며 몸도 그런 것이 아니다. 몸은 영혼의 뒤에서 혼자 버려진 살덩어리가 아니다. 세계 전체와의 소통을 가능하게 하는 결절점, 곧 소통의 전진기지가 몸이다. 몸은 세계와 구별하여 거기 있는 것이 아니라 그 자체로 세계의 광장이다. 그것은 어떤 주고받음 속에서 기뻐하고 슬퍼하고 사랑한다. 영혼은 그 주고받음의 능동, 수동을 가능하게 하는 육체의 편향성이다. 영혼이 없다면 육체는 주고받을 수 없으며 따라서 진정으로 기뻐하고 슬퍼하고 사랑할 수가 없다. 육체가 없다면 영혼은 주고받음의 가능성만을 가질 뿐 아무것도 느낄 수가 없다. 그러니 둘은 진정으로 헤어질 수 없는 동거인이다.

만일 내가 네팔에서 태어나서 자란 시인이었다면 이런 사실을 좀 더 빨리 깨쳤으리라. 저 히말라야의 거대한 산들이야말로 각각의 육체(봉우리)를 가졌지만, 그것들 모두가 다시 하나의 큰 육체이며 (세 개의 산계인 시왈리크와 소히말라야와 대히말라야산맥이 모두 인도

가 아시아로 밀고 들어오면서 밀어 올린 동일한 주름이다), 따라서 각각의 봉우리는 그 자체로 위대한 정신을 표상하지만 또한 더 큰 정신의 일부이기도 하다. 네팔의 국민시인 두르가 랄 쉬레스타의 소박, 강건한 시는 그런 경지를 노래한다.

> 너를 사랑해서 안을 때
> 너는 보이지 않는다
> 너와 헤어져 허공에 서면
> 그때서야 네가 보인다
> ─〈짧은 사랑의 시〉 부분

산에 들면 산이 보이지 않듯 너를 안으면 너는 보이지 않는다. 멀리서 산을 볼 때 산 전체가 조망되듯 너와 헤어지면 네가 보인다. 내가 달라졌으므로 '본다'의 주인도 달라졌다. 앞의 보는 이가 욕망의 주인이라면 뒤의 보는 이는 욕망을 보는 욕망 곧 고결함의 주인이다. 고결함만이 허공을 품을 수 있는 법이다. "그때서야" 보이는 온전한 나는 바로 이 고결함의 주인이다. 그것은 속과 분리된 성이 아니라 속을 품은 성이다. 히말라야의 저 영봉은 대해에 이는 큰 파도와도 같다. 각각의 물결은 바다의 개별적 형식(육체)이면서 바다 전체에 내속해 있다. 산 안에 든 나와 산 밖에 선 나의 관계가 그와 같다. "나이와 상관없이 제 안에는 아직 젊은 남자가 살고 있어요"라고 시인은 말한 바 있다. 자기 안의 젊은 나와 그를 지굿이 바라보는 지금의 나의 관계 역시 성속의 관계를 형상화하고 있다고 할 수 있다. 시인이 자주 사랑을 얘기하는 것도 같은 사정에서일 것이다.

조금 전까지 너로부터
먼 곳에 있었는 줄
알았는데

이제야 알게 되었어
나의 목적지는 바로
너의 문지방이라는 걸

너를 피해 도망가고
너를 기만하려 했으나
결국 도착한 곳은 너의 문지방

이제야 내 속에서 내가
없어졌다
─⟨네 집의 문지방에서⟩ 부분

"너"는 성이 스스로 현현하는 어떤 자리일 것이며, 속이 그 개별적인 형식 속에서 보존하고 있는 성스러움의 표현일 것이다. 네팔의 어느 곳에서든 히말라야의 영봉이 원경과 근경이 되듯, 내가 어디를 가든 그곳이 너의 문지방이 된다. 손오공과 부처님 손바닥 얘기가 아니다. 부처님 손바닥은 손오공에게 제 방황의 넓이를 일러 주는 한계 영역 같은 것이었지만, "너의 문지방"은 내 모든 방황의 "목적지" 같은 것이다. 내가 어디에 이르든 바로 그곳이 너의 문지방이 될 것이라는 말은, 내 모든 여정이 너와의 관계 안에서만 측정될 것이라는 말이다. 그 문지방에 이르러서야 비로소 "내 속에서 내가" 사라진다. 성과 자신을 분리하고 구별함으로써 겨우 남아 있는 보편자로서의 형식(속된 육체)이 불필요해지는 경지가 바로 사랑의 경지다. 사랑이야말로 절대적인 둘(나와 너) 앞에서 내 안의 분리와 분열을 통합하는 경지이기 때문이다. 그리고 바로 거기에만 성이 깃든다. 사랑은 이 절대적인 둘(나와 너) 앞에서 네가 특수하게 구현되는 경지이기도 하다.

> 매일 여러 나라의 절에 다니고
> 하느님을 부르다가
> 수없이 향을 태우고 절을 했다
> 그런데 하느님을 만날 수 없으니
> 어찌하랴
> 실망해서 하느님 대신
> 애인을 불렀다

애인을 기다리는 골목에서

갑자기 하느님을 만났다

하느님보다 더 눈부신

그녀를 만났다

　　　－〈애인〉 전문

1연의 하느님은 속과 분리된 채 절대적인 경지에 홀로 처해 있는 성이다. 어떻게 해서도 그분을 만날 수 없었다. 내가 그 성에서 눈을 떼어, 내 옆의 애인에게 눈을 돌렸더니 하느님이 거기에 있었다. 애인은 제 안에 성을 품은 절대적인 속이다. 저 특수하게 구현된 성-속보다 고결한 경지란 없다. "하느님보다 더 눈부신/ 그녀"란 속에서만 발견되는 신성에 대한 예찬인 것이다.

나는 이 발견이 네팔이 시인에게 준 선물이라고 생각한다. 우리 집 문지방까지 다가와 있는 신성 앞에서는 삿된 속을 누릴 수가 없을 것이다. 저 산들이 거대한 신비를 품은 채 저렇게 눈앞에 육박해 있는데, 어떻게 성에서 떨어져 나올 수 있단 말인가. 이런 언어는 음률과 곡조와 어조에 기대기 때문에 꾸미지 않으며 수식하지 않는다. 그림이 머리로 간다면 소리는 영혼으로 간다. 그림은 하나의 풍경이 되어 해석을 기다리지만 소리는 곧장 우리 내부에 깃든다. 따라서 이미지로 구성된 시가 이성적이라면 소리로 구성된 시는 직정적이다. 후자는 우리 내면에 곧장 육박해 들어온다. 안타까운 것은 번역이라는 장애물을 통과하면서 그 음률의 많은 부분이 사라질 수밖에 없다는 점이다. 그의 목소리로 그의 시가 낭송되는 것을 듣고 싶은 욕심은 어쩔 수가 없다. 한국의 독자 입장에서 두르가 랄 쉬레스타의 시는 다소간 평면적으로 읽힐지도 모르겠다. 그것은 어쩌면 우리를 사로잡은 수많은 인위들(도시의 구조물들, 기하학적 조망점들, 수식과 좌표와 도식으로 설명되는 생활들, 통계와 확률에 포획된 삶들) 때문일 수도 있다. 성을 보존하고 있는 최초의 언어는 필연적으로 평명平明할 것이다. 그리고 그 말들이 소리가 되어 내려앉을 때 그 노래는 우리를 성스럽게 한다.

> 사는 동안 무엇을 성취했느냐고 사람들이 물으면
> 슬픔이라고
>
> 그러나 보다 위대한 것은
>
> 어쨌든 나는
> 살아남았다는 것
> ─〈내 운명〉 전문

저 슬픔은 삶을 살아가는 동시대인들을 관통하는 공감의 다른 표현이다. 그 공감의 가장 분명한 근거는 우리가 어쨌든 "살아남았다는 것"이다. 시인은 그것이 가장 위대하다고 말한다. 바로 여기에 성이 깃들기 때문이다. 살아남았다는 것, 그것을 누리고 노래하라.

그보다 위대한 것은 없으니. 우리는 성을 노래하지 않는다. 노래가 곧 성이다. 그것이 신성의 언어로 구성되어 있기 때문이다. 두르가 랄 쉬레스타의 시는 바로 이런 노래다. 그러니 노래를 멈추지 말라, 성은 바로 그 노래에 깃들어 있으니.

《시선집 우여곡절》(A
Pick of Drurga lal
Shreshtha's poems
– Twist and Turns),
2000
너의 편지
사랑
라말라
팔라이차
오색의 불기
예정설
마지막 소원
죽음을 기다리며
식스 센스
길
반성
순교자
불멸의 사랑
눈물들

《독음》(Tapaka),
2001
짧은 사랑의 시
원망에 대하여
내 운명
길
조금 전의 나
죽은 사람 곁에서
집

무의미한
세상과 삶
나그네
사람

《구불구불한 낙서》
(Garumira
Darusaharu), 2007
환상의 자유
통증
사람
내 사랑
어두움
꿈
최후의 심판–독재자
에게
힘의 오용
국민
시간의 소리
무거운 질문
거래
이민
신
기도

《텍사스의 눈물》(A
drop of Texas),
2009
꽃과 나

텍사스 시편
사랑의 그림
빈 시간
새벽

《문지방에서》
(Sungarainera),
2010
봄 감기
한순간
일생의 짐꾼
까치가 말했다
시
네 집의 문지방에서
애인
아침과 저녁
어느 아침에
그 물
나의 영혼
평화

미출간
– 꽃은 왜 피는가
– 부처의 묵상
– 우정
– 꽃의 눈에는 세상
이 모두 꽃이다
– 쉼 없이 노니는
– 소망

유정이

홍익대학교 국어교육과를 졸업하고 십 년 넘게 교사로 재직하던 중 늦게 문학 공부에 빠져 천직이라고 여겼던 교직을 버렸다. 월간 시 전문지 《현대시학》을 통해 등단하고 시집 《내가 사랑한 도둑》, 《선인장 꽃기린》을 출간했다. 동국대학교 대학원에서 문학 석·박사 학위를 취득하였으며, 대학에서 학생들을 가르치고 있다. 늦게 여행이라는 공부에도 빠져 학기말이 되기가 무섭게 봇짐을 싸곤 한다. 그 봇짐을 기꺼이 풀어 놓았던 몇 안 되는 장소 중 하나인 네팔에서 히말라야의 시인 두르가 랄 쉬레스타를 만났다.

누군가 말해 달라 이 생의 비밀

1판 1쇄 인쇄 2013년 2월 20일
1판 1쇄 발행 2013년 2월 26일

지은이 두르가 랄 쉬레스타　**옮긴이** 유정이
펴낸이 고세규　**펴낸곳** 문학의숲
신고번호 제300-2005-176호　**신고일자** 2005년 10월 14일

주소 서울 마포구 동교로13길 34(121-896)
전화 02-325-5676　**팩스** 02-333-5980
이메일 bjbooks@naver.com
홈페이지 www.godswin.com

ISBN 978-89-93838-33-6 04890
　　　978-89-93838-26-8 (세트)